●

그 아이의
입술점은 유전일까

그 아이의 입술점은 유전일까

초판인쇄 | 2019년 11월 1일
초판발행 | 2019년 11월 10일

지 은 이 | 배윤정
편집주간 | 배재경
펴 낸 이 | 배재도
펴 낸 곳 | 도서출판 작가마을
등   록 | 2002년 8월 29일제 2002-000012호
주   소 | 부산광역시 중구 대청로 141번길 15-1 대륙빌딩 301호
          T. 051248-4145, 2598   F. 051248-0723   E. seepoet@hanmail.net

ISBN 979-11-5606-129-8 03810   정가 10,000원

※ 이 도서의 국립중앙도서관 출판예정도서목록CIP은 서지정보유통지원시스템 홈페이지
  (http://seoji.nl.go.kr)와 국가자료공동목록시스템(http://www.nl.go.kr/kolisnet)에서
  이용하실 수 있습니다. (CIP제어번호: CIP2019035428)

•

그 아이의
입술점은 유전일까

배윤정 시집

도서출판
작가마을

시인의 말

내

유일한 풍요가

자꾸 가물어 간다

2019년 가을

배 윤 정

그 아이의 입술점은 유전일까

제2부

그 아이의 입술점은 유전일까

제3부

제4부

그 아이의
입술점은 유전일까 ____ 배 윤 정 · 시집

제1부

제트운

  우린 다 백일몽 환자임에 틀림없어

  달력을 찢기 무섭게 찔러오는 더위를 난감해 하며 무릎
뒤 축축이 고인 땀을 엿보며 네가 말했어

  반문할 생각조차 들지 않는 십칠 년을 앓아온 감기마저
수평선 아랫목으로 숨어버린 밤이었지

  구름의 폐부를 파고든 기다란 뱀을 보고선 우리 엄마는
길 잃은 별자리가 울먹거리며 걸어간 흔적이랬다

  백일몽을 꾸는 일이 줄어든 후 그게 제트기의 유랑하는
단어라는 걸 알게 된 건 고작 이틀 뒤 목요일이었고

  참 낭만이 없는 방랑이구나 하며 녹슨 달을 불신으로 넘
겨짚었을 뿐이다

  무화과 향이 코를 터트릴 것 마냥 뭉게구름처럼 스며든
이불을 그날 세 번을 빨았다

  낮잠의 유통기한이 끝난 건 안다 변명거리로 입술에 녹
일 문장들도 주인을 잊었음을 안다

  그래도 만약 저 건조한 방랑 뒤로 도망친 별자리가 훌쩍
이고 있을까 싶어서 무화과 빛 이불을 펄럭였다 때 아닌 짝
사랑은 늘 나를 열사병에 걸리게 만든다

그런 계절

  내가 위를 보고 걷자 사람들이 모두 위를 보고 걸었다

  우리들은 위를 보고 걸을 수밖에 없기에 나도 위만 보며 걸었다

  늘 똑같이 갈라진 길은 나무가 아니니 자랄 일이 없다

  나는 안심하며 걷는다 한정된 시야의 고도가 조금 높아졌다

  누구랑 부딪혔는지 벌레를 뒤꿈치로 밟아 죽였는지 입속에 고인 단어처럼 공사장에 갇혔는지 우리는 모른다

  팔랑팔랑이라 답하는 모든 게 활발하다 꽃잎이 수줍게 내 콧구멍을 막아서 질식하는 상상을 물 밖에서 한다

  꽃,꼿,꼳이다 일주일만 지나면 우리는 아마 다시 개미들의 집을 무단철거하며 걸을 것이다

  위를 보며 잠에 든다 우리는 모두 목이 길어진다 듬성듬성 뭉텅이로 병드는 꽃들을 보며 한탄한다

  누구 때문에 기른 목인데

  목이 꺾인다 목젖이 울긋불긋하다 지나가는 자들의 목젖이 몸을 비튼다

  목주름이 멸종된 우리들의 목은 여전히 위를 향한다

  내 친구가 목이 꺾여서 왔다 누가 대체 네 목을 가지고

종이접기를 했니 내 친구의 목은 완성물도 되지 못한 채 반쯤 벗겨진 양말 같은 목을 하고 있었다 친구는 꽃잎이 더이상 오만 구멍들을 막지 않아서 상쾌하다고 한다

내 목은 내일 모레쯤 꺾일 것 같다 과학적인 근거는 없고

그냥 그때쯤이면 성장을 멈춘 도로에 갓 망명한 향들이 즐비할 것 같아서 그랬다

우리는 위를 보고 걸었다

미숙이

  2002년에 동시다발적으로 응애를 외친 수많은 응애들 중에서 너는 미숙이였다 민지윤재하늘주희성민 수많은 공이년생 같은 이름들 중에서 너는 하필 미숙이였다 유행에서 벗어난 이름을 보고 우리는 서리를 좋아하는 칠월을 보듯 별종이라 여겼다 내가 4지망 중에 단 한 군데에도 적지 않은 고등학교에 입학하게 되었을 때 너는 하필 미숙이였다 유동성이 넘치다 못해서 뇌주름을 쥐어뜯는 대인관계에 진절머리가 나서 유치하건 추잡하건 내 주변을 유영하던 죄 없는 욕설들을 교정 덕에 두툼해진 입술 속으로 쌈을 싸먹었을 때 너는 하필 미숙이였다 스키를 배우다 엎어진 후로 일어나는 법을 모르는 바람에 땟국이 흐르는 인공 눈더미를 줄기차게 더듬었을 때 너는 하필 미숙이였다 탁구대의 공마냥 강당의 정수리까지 튀어 오르는 동공들 앞에서 치러야 하는 무용 수행평가가 있던 날 엄지발가락에 구멍이 난 양말을 신었을 때 너는 하필 미숙이였다 근육이 어디로 오가는지 알 길이 없는 춤이 미숙했던 내가 네게 도움을 청했을 때 너는 하필 미숙이였다 네가 웨이브 하는 법을 갓 나온 죽의 겉면을 숟가락으로 훑는 것처럼 조곤조곤 읊어 줄 적 거울 속에서 마흔 몇 개의 동공 중 하나

가 그랬다 쟨 미숙인데 이름값을 못하더라 뭐하려고 미숙
이라고 정했대 너는 하필 미숙이여서 우는 게 미숙했는데
아무도 네 형질 다른 피의 여부를 궁금해 하지 않았다 나
는 야자가 끝난 네 발등 위에 서서 널 올려다보며 미숙아
미숙아 네 이름을 불렀다 미숙아 숙아 ㅣ   ㅏ   ㅁ 숙 아 네
이름을 부러 미숙하게 불렀다 윤정아 정아 너는 내 이름을
성숙하게 부른다

시계를 죽이는 방법

네 앞에선 우리는 모두 노출증 환자가 된다
퇴화하는 일상을 허물 벗으며 뻔뻔한 변태의 낯을 한다
순환하는 언어들 속에서 불침번을 서는 방언들을 너는
알지, 사멸을 고대하는 그들의 기도를 너는 알지
네 징그러운 시간에 비친 내 친구의 쌍꺼풀에서 단풍이
끓는다 네가 집어삼킨 계절의 귀향길은 어디로 갔을까

너는 보았어, 갓 아가미를 펼친 듯한 심해어가 되어 부끄
러움 없이 붉은 발가락으로 춤을 추는 우리를
네 시침 속에서 품어지길 갈증하는, 환기되지 않는 누추
한 나이를 너는 보았지
나도 그저 네게 동정받길 원하는 곪은 동공들 중 하나에
불과하고 만다
네 팔에 매달려 녹슨 시를 토하며 한없이 원을 그린다 완
전한 선, 사계절을 침전시키는 아름다운 그것이 된다
나는 결코 너를 죽이지 못한다 늘 그랬듯이, 진부한 사주
에 걸맞듯이,
내 시가 제철도 맞지 못한 채 녹슬어간 게 네 목소리의
탓이 아니기에

박경리 전국청소년백일장에서 토지문화재단상(장려상) 수상(2018. 10. 20)

火 요일

　내가 받는 질타가 좋았던 건지 네가 단지 변태 혹은 싸이코 혹은 요일이었는지는 아무도 모른다
　종소리가 꾸역꾸역 내 귓바퀴에서 잠을 청한다 참 성실하다 네가 나와 연관성이 극히 적은 소음이면 좋겠어 그럼 널 늦봄에 태어난 환상곡이래도 믿을 텐데 우린 너무 터무니없이 밀접해 너도 동의하지? 우리 조금만 더 재난문자다워지자 확률, 한 공간의 배색이 다채로울 확률을 좀 줄이는 사이가 되자

　국영수를 화화화로 고쳐쓴다
　화화화
　ㅎ을 자꾸 발음하면 웃을 것 같아서 그랬는데 목구멍에서 편도가 태어났다 왜 시키지도 않은 짓을 해서, 시간표가 개밥이니. 편도가 부르짖었다 나는 독감에 걸릴 참이다
　수학 공식을 그리면서 누구를 불렀다 알아듣지도 못하는 이 학문을 문명인이기에 나는 통달해야 한다 선생의 흰자 밖으로 정강이를 굽히는 순간 나는 학생답지 못하다 수학이 들꽃의 잠꼬대라면 저물지 않는 비행기라면 이륙하지 않는 백사장이라면 문명인이 아닐 수 있다면

꽃의 팽창

숨을 갈아 끼우는 계절이 왔다
아직 떫고 싱겁기만 한 분홍이 익숙지가 않아서
머지않아 이 싱거운 분홍은
삼월의 백일몽에 점철되어 몽유병을 앓겠지

나는 항상 봄의 주인인 마냥 행동한다
무르던 온도가, 넘쳐흘러, 넘실거려, 시선을 탐하다 못해
감정들을 역류시키고
봄은 나를 익사시킨다 오월을 갈망하지 못하게
시야를 가두고 넋을 앗아간다

이 자만하는 계절을 사랑한다
오만한 꽃들을 동경한다 사치스런 색채들에 동요한다
그래서 거짓을 입혔다 봄의 일부가 되길 바라면서 겨우
겨우 혀를 죽였다
내뱉지 못한 채 묵힌 문장들은
눈발이 뒷목을 스칠 즈음에야 낭송할 수 있겠지

나는 오늘도 봄의 주인이 된다
꽃밭에 몸을 싣고 낙화를 그리며 꽃이 지천인 꿈을 꾼다

봄은 나에게 많은 변명을 만들어 준다
꽃을 훔쳐가고 싶어서 학교에 오고
만발한 벚꽃이 찰랑대는 게 훤히 보이는 내 자리가 좋아
서 늘상 입가에 웃음이 스며들고
행복이 번지는 날짜들을 보내주고 기다리며 손끝을 피어
내고

나는 오늘도 봄의 주인이 된다
양 볼 가득 꽃내음을 머금은 소년의 콧잔등에 입을 맞추
는 꿈을 꾼다

혜화여고 백일장 최우수상(2018)

내가 너를 보는 방법

너는 쓰러진다

18년이나 용케 살아서 국을 끓일 시건방진 혀도 없는 너는 쓰러진다 아니면 쓰러지는 중이니 어릴 적 키우던 햄스터는 부모가 되어서 맥박을 낳고 맥박이 되어서 생명을 낳았다 물속에 빠진 핏덩이를 몇 번째 손가락으로 건져 올렸는지는 아무도 모른다 어쩌면 너는 고의였을지도 몰라 톱밥철망 똑같은 울음소리 쳇바퀴 네 일상의 전부를 이미 알아서 한강이 아닌 물통 속으로 잠식하려 든 건지도 몰라

아침이 왔다가 도로 땅거미를 뿌린다 백내장에 걸린 의사가 거북이 등껍질마냥 부르튼 망치로 내 무릎을 친다 무릎은 멈춘다 질주를 멈춘다 언제부터 이랬니 봄이 올 때부터요 언제까지 이럴 거니 봄이 갈 때까지요 아프니 네 선생님 어디가 아프니 내일이 아파요 어쩌면 모레도요

좌절을 행복으로 환산한다 팔백오십 번을 좌절했으니 나는 팔십오일 동안 행복을 살 것이다 나는 왜 이리도 너를 추구할까 너와 내 일기장의 간극, 주말로도 좁히지 못할 거리는 나를 불운하게 만든다 네 얼굴을 까먹을까봐 일기장

에 네 이름을 그렸다 부담스러운 시선들이 좋아서 자꾸만
너를 그린다 나는 널 찾아내고 만다 장롱 속의 숨바꼭질은
진부한데 너는 여전히 그 사실을 모른다 사실은 말야 나는
오늘도 너를 그렸어

개화기

으레 그렇듯 낮이 식은 하루였다 전날에 본 은하수가 눅
눅하게 흘러내리다 나를 온통 익사시켜 버릴 것만 같았던
영화의 후유증이 너무 커서 꿈에서 별을 잡아 뜯다가 결국
짭짤한 울음을 입술에 걸치고 동면의 흔적을 쉬이 떠나보
내려 하지 않는 곰처럼 잠에서 비몽사몽 일어나고 말았다
그리고 또다시 별을 뜯어 다시 여백에 삐뚤빼뚤하게 풀칠
해대는 꿈을 꾼다 백일몽의 여운을 금방이라도 손가락이
베일 것 같은 종이의 얇은 사각지대에 누구도 몰라볼 낡은
경첩의 소리를 내는 글씨로 쌓아 올려가듯이 그려내는 버
릇은 언제부터 생겼더라

건전지가 다 되었는지 아닌지도 모르는 내 숨이 깜빡이
면서 애타게 푸념을 들어줄 누군가를 찾는 동안 그 주변에
선 많은 게 핀다 호흡이 코 끝 까지 차올라서 목젖이 타올
라, 타들어 버려, 내 나이와 함께 동봉되어 매달린 수만 개
의 책임들이 울먹이다 마는, 우호적인 온기를 내뿜는 벚꽃
이 피고 빨래한지 얼마 안 된 십년정도 된 꽃무늬 이불에
서 코를 박고 자는 푸들의 점차 달궈지는 눈물샘이 피고 복
숭아 껍질 끝에서 고여 버린 곰팡이가 핀다 왜 우리는 이
피어오르는 많은 것들을 오로지 꽃만 만발한다고 서술하

고 발음하고 감상할까 꽃이 아니면 만발하면 안 되는 걸까 그렇지만 이 약속 아닌 약속을 어기고 싶은 욕망이 관자놀이 안에서부터 움푹 패여서 물에 부푼 반창고 같은 냄새를 풍겼다 나는 오늘도 만발한다 그저께 시를 쓰다가 자존심이 상해버린 입술 위로 딱지가 포개어지고 죽은 듯이 색을 뽑아내던 곰팡이도 서서히 만발한다 빛바랜 꽃다발을 가슴 한 모퉁이에 욱여넣은 나는 만발하는 중

죄인의 나라

　우리 동네의 G고등학교는 하복이 덜 마른 마녀의 걸레
같기로 소문난 학교였다 단풍이 숨을 넘기는 과도기가 되
면 그들처럼 번져가는 교복들을 보며 귀소본능을 잃은 말
같다고 생각했다

　오르막을 걸어오를 때면 팔십 난 노인마냥 무릎이 아우
성을 쳤다 실핏줄이 말개진 눈을 돌리면 모두가 노인의 표
정을, 노인의 것을 품에 안고 아침 공기를 허겁지겁 게워
냈다 여전히 무릎을 간간히 비추는 장마를 애도하는 듯한
하복을 입고 우리는 진부해진 더위를 다듬었다

　신용불량자들이 꾸는 허깨비의 중심에서 나는 당당히 자
취를 시작했다 척추측만증에 걸린 노인들의 어깨에 입을
맞추고 싶었다 날 선 충동이 선인장을 끌어안고 싶은 퇴화
하는 욕망들이 나를 동정했다 선로에 없는 행복은 되바라
진 죄악이라며 노인들은 나를 9월의 이안류 속으로 떨쳐냈
다

　참 낭만적인 죄였다 사멸 위기의 언어들을 사랑했고 G고
등학교 옥상에서 내 죽음의 사인을 심미적으로 바꾸는 일

에 동참했고 멍든 하늘의 부레 속으로 도망쳤을 뿐이었다

  그렇게 나는 폐쇄된 계절 속에서 노인들을 향한 외사랑
을 고해하며 말라갔다 우리는 언제부터 방관에 중독되었
을까

척추가 부러진 매미

　매미는 사람들의 일상과 녹진해진 숨과 늘어진 말소리를
외면하는 법을 모른다
　끊임없이 우리의 청록을 훼방 놓고 성가시게 울어재낀다
　갈망하는 날갯짓을 찢어져라 반복한다
　늘 그랬기에 자기들의 명줄에 대한 억울함이 없을까
　매미가 멸종되길 바라면서
　매미의 울음이 지독하게 그리워질 때가 있다
　모순의 연속에 속이 안 좋다
　매미가 멸종된다면
　지구의 모든 여름에 소음이 없다면
　매미를 우리가 잊는다면
　늘 그랬다면

발할라의 뱃사공

천사가 내게 물었다

너는 왜 이탈하지 않냐고 묻는 그 순박한 얼굴에 습기 먹은 웃음만 흐릴 수밖에 없었다

어디로 이탈해야 하는가 황홀이 노을에 걸리고 허락된 질책들이 수국을 감싸며 어젯밤 격리된 노인의 계절에 대해서 수군거리는 시침 소리가 나를 뭉치는 그 동안

오늘은 어디로 이탈해야 좋을까 내 발 밑의 민들레는 나를 멸시한다

눌러 붙은 눈곱이 얼른 나를 낮달이 뭉개진 가로등 아래로 불어 주길 바라면서

88년도의 시집이 젖는다 영 미적지근한 병든 호수를 젓는다

내 단어들의 항로가 날아간다

종이 울며 예배의 끝을 알린다

베개

  우리 집에서 향이 실종됐다

  팽창하던 서른을 훌쩍 넘긴 오빠도, 어제 일사병에 걸린 친구도, 탐내고 싶을 만큼 손목의 점이 예쁜 선배도

   다들 한결같이, 펄럭이고, 뛰어들어, 가물어 버리는 향을 키우는데

  향을 찾은 건 며칠 전 곧 죽을 것처럼 황홀하게 오르내리는 잎들이 7월의 녹음을 질타하던 열대야였다

  유독 질리도록 풍경소리가 나를 앗아간 하루였고 언어들의 심술에 누렇게 핀 시집이 아찔하던 날이었다

  빨래할 것들 좀 줄래, 하는 엄마의 말에 베개 커버를 품었다

  그래, 품었어

  넘실거리며 나를 엿보는 요의를 느낀다

  나를 얼른 기만하고 동정하길 원하며 습기를 덜 벗은 여름의 지평선으로 도망쳤다

  뭉쳐가는 우리를 안고 추모해 줄 복사꽃 속에 침몰한 환희는 어디로 갔는가

  그래서 열일곱이 속죄로 축축해진 손금을 입술에 묻고서

부르짖었나

 우리 엄마의 베개에선 덜 익은 바다를 갈증 하는 시인의
향이 난다

서울과학기술대 백일장 본심(2018. 6.9)

습관성 기도

나에겐 신이 없다 나는 무교기 때문에

그럼에도 다한증 앓는 손을 모아 싱거운 기도를 성실히 하곤 한다

탯줄을 끊을 적부터 주기도문을 외웠을 법한 내 친구가 그랬다

그들은 신실한 존재라고 그러니까 심심하면 자애롭게 내 기도를 아는 척은 해주겠지 싶었다

그렇게 모든 도피가 운을 뗐고 흘러내리는 늦여름의 아가미들을 반추했다

애정결핍증을 사랑받을 자격이라 여기는 갈변한 시인들을 위해 기도시간을 늘렸다 사실 나는 그들의 젖은 동공이 싫었던 거다

신실한 존재들은 오늘도 나를 결핍시킨다 객쩍은 공상들이 어폐를 갉아먹기 시작한다

거리에 나앉은 플라밍고

　분홍이 살인을 저질렀다는 말을 아무도 믿지 않았어 그
래서 내가 재연을 했거든 근데 아무도 절룩대는 분홍의 발
걸음을 좇지 않고 내 눈동자를 생굴 까먹듯이 날름거리는
거 있지 (역겹더라) 왜 이러세요 전 결백해요 집에 먹다 남
은 미역국이 있단 말이에요 엄마랑 같이 소고기만 건져서
목구멍을 감기마냥 탐낼 거란 말이에요 어쩌라고 니가 미
역국이나 처먹어서 니 팔자가 이런 걸 어쩌니 네가 도화선
이구나 너는 도화선이야 화선아 너는 죄인이다 나는 수산
물 시장 한복판에서 낙지가 되었다 추잡하게 엎드려서 분
홍을 토했다 언제부터 네가 여기서 살았었더라

달의 사춘기

 달은 참 추하다고 생각한다
 화농성 여드름들이 되려 뒤집혀진 피부들을 한 윤기 없
는 얼굴이라 그랬나
 죽은 우주의 늙어버린 청춘을 이해해 주어서 그랬나
 색이 찢길 수 있다는 걸 알았다 둥글고 둥글어서 완벽한
구, 울음이 비집고 존재할 것 같은 원을 덧그리며 찢어지
고 갈라지는 은백색 모공들
 나의 사춘기도 저렇게 융통성 없이 아름다웠길 바라며
완전한 원을 품는다
 우리는 지구를 관음하며 철 지난 춤을 춘다 백사장의 갈
매기 같은 존재인 우리, 지구의 유실물을 쪼아 먹는 일상
을 사랑하기 위한 구내염을 앓지

제2부

10월 암살사건

달이 저물어 짓무른 무화과를 낳았다
미망인의 겨울이 밀물이 되어 숨을 옥죄는 주말이다
칠십 년대에 만들어진 반쯤 상한 상태의 진절머리 나도
록 평범한 영화를 보고선
여주인공들이 너무 불쌍하다며 목울대를 넘실거리는
말라붙은 능소화의 얼굴을 한 달을
거미줄이 핀 단어로 어렵게 보듬었다

나는 동정 속의 시선에 목마르고 싶다
나는 누군가의 회고록 속의 튀어나온 점자가 되고 싶다
팽창하는 추억을 방관하는 게 낙인 그런 어른이 되고 싶
다
내가 10월을 죽였고
고향을 잃은 날짜들은 결국 들꽃을 목에서 게워냈다

빨강의 고해성사

제가 다 죽였어요

의문을 던질 필요가 없었다

엉겨 붙은 죄책감이 채 마르지도 않는 손끝은

실어증을 앓는 시인처럼 작열하고 있었으니까

양치기 소년을 동경했겠지, 너는

부유하는 포말을 시기했겠지, 나는

향수병을 겁주는 편두통을 죽기 직전까지 그리워 할 거야

너는

네 실종된 언어들은

어쩌면 , 아마도, 기필코, 분명히

쟤가 다

빨강의 변명

빨강은 말이 서툴렀다
말이 서투른 건지 언어가 서투른 건지 감정이 무른 건지
계절을 타는 건지
사실 짐작하기 어렵다
빨강은 늘 문장을 가득 담은 눈을 하고선 나를 응시한다
코가 마치 자기처럼 새빨개져서는
석류를 옷자락에 잔뜩 물들이고 뒹군다
구름이 진다 바람이 핀다
빨강이 날짜를 센다 꿀을 바른 손등을 훔쳐본다
노골적이다 빨강은 언제나 노골적이다
나를 멎게 한다

숭배

  고립된 문장들의 보호자는 나였다
  구원자가 될 테다 욕심이 시야에 덕지덕지 눈곱마냥 옮겨붙은 구원자

  나는 자애롭지 못한 글을 쓸 것이다
  추한 예술을 할 거다 감히 예술의 감미로운 둘레에 나를 집어넣겠냐고 묻는다면 네 그럴 거에요
  네 혀는 우리와 어울리지 않잖아 치졸한 변명의 산물이지 않냐고 묻는다면 네 그래서 제가 예술을 안 하면 누가 하겠습니까
  나는 지금 이 시가 증오인지 허세인지 둥지를 깨트리는 날개 뼈인지조차도 모른다 어쩌면 이건 시도 소설도 아닌 연극이 될 것이고 달력이 흐느끼는 소리를 들으며 내 손끝을 좇는 애정이 될 것이다

  구원자가 될 테다 나만을 위한 구원자
  과식으로 죽는 나비를 이해할 수 있게 되었다
  나는 예술의 증인이 되어서 언어를 시음할 것이다

섬 위에서

난 쑥스럽게 물든 사체들 위에 서 있었다

미세먼지를 게걸스레 해치운 친구가 내 뺨을 어루만졌다

아이들이, 노인들이, 병든 색들이 만발하길 꿈꾸는 입김이

너 때문에 질식하고 있어 죽어가는 그들을 봐, 홍채가 사라진 채 가물어가는 계절을 봐

걸음을 옮기자 그들이 버석거리며 박수를 쳤다 퇴화된 찬사를 받으며 나는 울었다

버석 버석 버석

친구가 감싼 뺨은 물러가는 무화과 같았다 혀로도 포장할 수 없는 단계, 피식자가 되기만을 염원하는 시간이 된다 친구가 게워낸 미세먼지는 어쩌면 십대일지도 모른다

내 이름은 질식하고 있었고 나는 더 이상 걸을 수 없었다

숨구멍을 잃어버린 그들은 여전히 버석거린다

나는 그저 장례식장에 초대받지 않기만을 기도했다

건조한 기도였다

사춘기

신호등에 빨강밖에 없는 곳을 체류하는 중이다

중심을 잡는데 영 소질이 없는 주름진 비행기 위에서

거만하게 튀어나온 내 복숭아뼈를 철든 줄 아는 열여섯처럼 건들거리며 앉아 낚시를 했다

미끼는 죽어있었다

넘실대지 않는 파도 허황된 능선을 뒷담하며 저무는 붉음 터지지 않는 비눗방울   그들을 위한 이름은 이곳에 없었다

어쩌면 부푼 시선을 향신료로 뿌리지 않아도 되었을 그들은 죽은 것들을 사랑했다 고요를 집착했고 나는 쉽게 그들을 낚을 수 있었다

낚시가 이리도 잔인했던가 나를 꿰어가는 바늘이 이리도 무뎠던가

그들은 나를 사랑했다 나는 나의 어떤 곳이 죽어있는지 몰랐다

마냥 시들거리는 입술을 상상하곤 했다 숨 쉴 곳이 없는 쪼그라든 청포도 같은 그것

언어가 마른 입술을 히죽거리며 감다 만 속눈썹 사이로 별들을 본다 평생을 고의적일 아이들을 노쇠한 동공 속으로 훔친다

선로 없음

　몇 계절 전부터 나는 기차였다 고작 이틀 전에 나를 알았
다

　고래가 아닌 포화였다 넉넉히 봉합하지 않은 옆구리에서
할미꽃을 키웠다

　고개를 들지 않는 게 겸손해 보였다 정수리에 먼지가 쌓
여야 이상적인 나이가 될 줄 알았던 벗겨내기 힘든 웅덩이
들

　뿜어내지 않기에 기차가 아니었고 나는 거울의 검지에
굳은살이 피었다는 걸 알면서도 그를 보고 있지 않았던 것
이었다

　3주째 옆구리에 물을 주지 않아서 시든 할미꽃은 오후 네
시의 구름에게 침전된 태양마냥 다채롭다 할미꽃은 더 이
상 검버섯으로 가득한 땅의 볼품없는 손금을 바라보지 않
았다 충혈된 잎으로 영하 십삼도에 적당히 성가시게 훌쩍
이는 내 무릎을 매만졌다 너는 고래가 될 거야 나를 동정
하는 할미꽃의 부러진 혀뿌리가 좋았다

　갈 곳이 없어 멋쩍게 목젖을 뒤적거리는 단어들이 나를
보았다 눈을 피하지 않았다 그들은 곧 내가 될 것이기에

만남

찬 공기가 귓불을 더듬는 이맘때쯤엔
노화된 조잡한 문장들이 나를 향해 달려오곤 한다

그들의 야윈 책망의 마침표는 결국 나겠지
늘 그렇듯, 애석하고 징그러운, 늘 진부한 그들의 혀를
기억하니

이목구비가 없는 신의 쇄골에 안겨 참회하는 나는
비린 울음을 주기적으로 터트리며 나를 스치는 이들에게
유치한 연민을 느낀다

아직 너무 앳된 피멍을 단 그들을 향해 부유한다
바싹 말라 살이 트기 시작하면 철 지난 이름들을 외우며
꿈을 꾼다

나를 향하는 황소 같은 문장들
나는 투우사가 되어 빨강으로 점철된다 내가 빨강이 되
어 불운을 건배하고
헐떡이는 젊음 위에서 그들을 마중한다

뿔을 잃어 절룩거리는 그들을
황망한 관중들의 붉은 신앙을 회고한다

지구의 자화상을 태웠다

지구의 자화상을 태웠다
백조가 연잎을 물고 햇볕과 담소를 나누고
갈대밭이 새들을 잃은 미숙한 하늘을 놀리고 있을 때
아무도 의심하려 들지 않고
누구도 의심을 살 줄 모르던 그 날
나는 행성을 훔쳤다
윤슬이 무르지 않고 청록이 아담하게 내려앉은 밤을 피우고
우울하지 않은 적막으로 덧칠된 이 행성은 너무 아름다웠고
옷걸이에 걸린 옷을 벗겨내듯 손쉽게 행성을 훔쳤다
예뻐해 줄 거다
온 세상의 노을을 빚어 정원에 심곤 선물을 해 줄 거다
서툴게 완벽하게 나는 이 행성에 듬뿍 잠식해 있었다
행방을 잊은 행성을 가둬두려고 매미마냥 부르짖었다
미처 선물하지 못한 연잎이 나를 조롱하듯 흩어져 내린다

연민 혹은 동질감

며칠 묵은 친구의 건조한 말이
계속해서 머릿속을 부유하고 있었다
이물질을 잔뜩 머금은 채로 무게가 기울은 채로 계속
교실은 그대로지만 교실의 주인은 계속해서 바뀌잖아
한 단어 한 감정조차도 틀리지 않았지만
이유 없이 친구의 오물대는 입술을 엮어버리고 싶었다
교실은 그럼 대체 누구에게 정을 붙이는지
누구에게 속앓이를 하고 누구에게 펄펄 끓는 울음을 투
정 부리는지
교실이 가여워서 견딜 수가 없었다
햇빛이 잠깐 눈을 붙이고 지나갔는지 먼지가 유독 번쩍
거렸다
한참을 훌쩍이고 금이 간 분필에 화풀이를 했다
먼지 속에서 정신없이 뒤늦게 삼월을 책망하고 있자니
누굴 향한 연민인지 헷갈리기 시작했다

그 아이의
입술점은 유전일까   배 윤 정 · 시집

제3부

$

어쩌다가
내 쇄골을 발견해서 곰탕을 끓였다
허여멀건 표면을 긁어먹자니 백내장에 걸릴 것 같아서
세 갈래로 깨진 손톱이 순진한 약지를 빨았다
내 이름을
원고지를 바코드가 헤진 민음사를 빨았다 침자국에 내
이름을 붙여 벼룩 시장에 냈더니 브랜드가 됐다
이게 얼마냐면요
제가 얼마 같으세요

이전

좋아하는 유투버의 노래 선곡을 듣던 배부름에 침전되기
직전의 저녁이었다
자그마한 투표창이 떴다

Would you rather (당신은 무엇을 더 선호하시나요)
· go back in time (과거로)
· go into the future (미래로)

내 마음대로 해석이라 맞는지는 모르겠다 아마 맞겠지
과거로 가는 투표가 압도적으로 높았다
이 세상의 우리들은 이미 향수병 말기라 병의 유무조차
도 모르는 사람들일까
나는 미래를 택했다
어떻게든 마주해야하는 현실이 두려워서 그랬다

자화상의 덫

광안대교
번쩍번쩍한 불을 보고싶다
그 순간의 핸들을 돌리는 사람도
길바닥을 노닐던 사람도
해변가에 모래성을 쌓던 사람도
다 집중하는
번쩍

눅눅한 평범들이 혼잡하게 민들레를 예약한다
투과되는 저려간 공기에
염치없이 홀씨를 타고 가기 위해서
언제일지는 몰라도
분명 그 공기와 홀씨는 알아 날아들 거다
아무 것도 아닌 척
정말 아무 것도 아닌 곳에서 나타나겠지
터 가는 횟수가 줄어드는 손등
시려가는 발의 따가움이 나아가는 중
아무 것도 아니어서
우리가 짐작의 여념도 허락지 않게 한다

건조한 소원

어제부턴가 옆집에 사는

매력적인 입술 점을 가진 열여덟의 남학생이

지독한 감기몸살을 겪고 있다는 소릴 들었다

아직 태양이 익지도 않은 노을이 지던

어제 저녁에 만난 옆집 아이의 아버지는 이에 틴트 자국

이 맛없게 묻어난 나를 만나자마자

바늘에 콕 찔린 손 틈에서 기다렸다는 듯 붉은 토사물들

이 덩어리져 토해지듯이

숨 가쁜 한탄들을 아직 해동이 덜 된 달이 정수리를 드러

낼 때까지 쏟아냈다

열여덟의 감기몸살

매력적인 입술 점

방금 혀로 습관적으로 이를 긁으며 알아낸 틴트자국

어젯밤 꾼 꿈처럼 모든 게 목마른 것 같았고 드문드문 말

들이 뭉텅이로 잘려서 아득히 멀게 느껴졌다

그 아이의 입술 점은 유전일까?

심통이 나서 장미를 심었다

　빤히 바라보고 있으면 언젠가는 눈이 마주쳐서 어색히
웃고 알게 된다
　그 언젠가는 왜 너한텐 성립되지 않고 숭텅숭텅 빠져버
리는지
　닿으려 해도 샛길로 흐리멍텅해지는
　시선에 짜증이 나 실핏줄이 붉어지고
　눈알 아래가 새빨개지다 눈물이 새나올 때까지 네 옆얼
굴만 진득하게 바라봤다
　저 아이의 열여섯도 이제 끝이구나
　나랑 같이 흔해 빠진 나이와 추억도 허무하게 끝이구나
　목소리가 이상하게 기억이 안 나서
　한참을 눈에 띄지 않게 그 아이의
　옆에서 깔짝댔다
　이런 치졸하고 유해하다 찌질해 마지않는 열여섯
　변명거리가 점점 줄어든다 열여섯의
　뒤에 숨을 단어도 점점 죽어간다

돌림노래

A는 어제 가출했다

부패하는 국화를 입에 물고 무화과나무를 찾으러 떠난다
고 했다

우리 동네엔 무화과나무가 없다

옆 동네, 옆 도시, 우리나라엔 없다

A의 이빨 틈으로 잔가시마냥 늙은 국화 꽃잎이 안부를
전한다

눈물샘을 신기루로 만들 풍부한 향을 본다

우리에겐 무화과나무가 없다

거짓말을 하지 않는 법

밤의 주식은 언제나 나였다

우악스럽게 연약한 내 기억의 살덩이들을

밤은 잘 요리할 줄 알았다

조미료가 첨가된 기억은 찢어내곤 했다

마치 자신을 참회하듯, 사죄를 구하듯 고통스러운 눈으
로 내 기억을 경멸했다

목덜미에선 언어가 샌다

조잡한 밤이 샌다

나는 잠들지 못하는 숫자를 연기한다

눈

어릴 적부터 생각을 알지 못하겠는 사람이 두려웠다 향
도 없고 색도 없고 회상도 없을 것 같은 그들을 짐작하려
들기가 두려워서였다 어느새 그들과 동화되고 싶어서 시
선에 신경을 쓰는 습관이 생겼고 예측 할 수 없는 내 숫자
가 멎을 때까지 평생 그들은 모방하겠구나 싶어 울음이 났
다 매미 소리에 찌들어 있었을 뿐이다

주말 병

오후 두 시부터 다섯 시가 제일 싫다
무기력한, 무능한, 나른한, 종잡을 수 없는, 무료한, 허
비하는
이 단어들이 줄지어 내 대뇌를 마구 찔러놓는다
집에서 빈둥거리는 일요일을 제일 사랑하고
구름의 이동도 잊게 하는 일요일의 시간을 제일 싫어한
다
참 묘하지 사랑에 증오에 뭐든 다 일요일을 향하잖아
일요일은 7일의 끝인 일요일을 바라보며 돌고
나는 휴식의 끝인 일요일을 아까워하며 허비한다
이기적이지 그런 단어가 제일 적당해
오후 네 시 반 나는 여전히 시간을 보챈다

누룽지가 먹고 싶다

12월 말에 영화를 봤을 때 였나
연기를 너무 잘해서
스쳐 지나가는 장면들에 턱에 힘을 놓았던 때
누룽지를 먹고 김치를 올리고
그 때의 주인공의 혀가 너무 부러웠다
밥을 안 먹은 탓도 있지만
김치에 누룽지 누룽지에 김치 누룽지에 하다가
태운 냄비 주름마저 뜯기는 세월 관심병사의 머리칼 여
전히 기억이다
너무 사소한 기억 그러니까 누룽지에 김치를 먹는다

아직 도화지가 백지가 아니기에

여상한 새벽이 제철과일마냥 유독 절박하게 무르익어서
애타게 별들을 끌어 올릴 때가 가끔 있다
보통 꽃샘추위가 오기 전날의 아침부터
새벽은 팅팅 빈 궤도 위에
작곡가마냥 갓 색을 뺄은 별부터 금방이라도 빛을 분리
수거 할 것 같은 빛바랜 별까지 끌어 모아 끈덕진 궤도에
앉힌다
불이 들어오지 않은 그 궤도는 차가워서 일감을 기피하
기에 딱 좋은 별들 사이의 유명한 변명이다
봄은 늘 그렇듯 앙심을 품고 나르시즘에 빠져 얼음 속으
로 파고드는 색소처럼 막연하게 나를 침범한다

과호흡

곪은 아가미가 삼십팔 도의 태양 아래서 맥아리* 없이 펄
럭였다
심해의 아귀에게 홀리고 싶은 날이다
더위를 먹은 탓에
아귀의 턱도 흐물거리는 저녁 하늘만큼 예뻐 보이겠지
아귀의 혀에 내 이름을 새긴다
내 아가미를 잊지 말라고
내 침식하는 비린내를 방관하지 말자고

* 매가리. 경상도 지역어.

눈이 멈추는 나이

 자연사 박물관에 들어선 듯 박제된 눈은 사랑스럽다

 칭얼거리며 저를 보라고, 이 귀여운 흰색을 보라며 팔랑
대는 눈은 간지럽다

 학원차를 타고 작은 동산을 늘 지난다

 일 년에 한번 안부를 일방적으로 선포하러 눈이 온 날 그
동산은 눈들의 무덤이었다 아름다웠기에 나는 그들을 위
해 기도했다

 되살아나지 말기를 영원히 그 자리에서 부패하지 말고
머금어져 있기를

 그러나 그들은 도망쳤다 또 죽을 자리를 찾기 위해

익사하기 좋은 색

나는 항해자가 되었다
목울대가 두드러진 수많은 범죄자들을 태웠다
목에 사과가 걸렸기에, 부패하지 않는 기억이 고통하길래
나는 조난당하고 말 것이다
팔이 잘린 성악가가 내 눈은 침몰하길 고대한다고 했다
아가미를 뻐끔대며 아물지 않는 상처를 유영하는 언어들
을 흘리겠지
보란듯이. 아주 그냥 미치겠다는 듯이

나는 언제쯤 망각을 망각하는가

2년 넘게 끼고 다닌 반지에 칠이 벗겨져 사십 도의 발광하는 여름 아래서 미련 없이 그을린 것 같은 속내를 우연히 보게 되었다 우연찮게 정말 우연스럽게 반지를 까먹었다 가까이 코를 대고 핸드크림의 입자들을 구경 할 때면 비릿한 왜소한 냄새가 나던 동그런 자리를 어색하게 긁는다 우연이 된 습관을 긁는다

아직 우리는 부재중 전화를 외면하지 못한다

수화구에서 분홍빛 비린내가 풍긴다
버석거리는 유행 지난 바람막이를 입고
고개 숙인 별들의 태몽을 반찬 삼아 얘기하는 우리들
밤마다 짝 없는 훤칠한 망자가 좀 데려가게 해 달라며 씨
알도 안 먹힐 기도를 불성실하게 해댔다
정직한 우리의 물안개
수화구에서 폭죽마냥 터지는 비린내에 심취하는 우리들
끝을 맡을 수 없이 비가 속옷을 집어삼켰다

낙서는 과학이다

나는 네 이름을 여전히 모른다
태양이 떨구고 간 도깨비불인지
기회를 엿보다 내 속눈썹 속으로 침투한 건지
밝은 저 모호한 원을 사선으로 덧대다보니
네가 내 흑점 속에서 녹아내리는 것이었다
어쩌면 그게 네 하루 일과일지도 몰라
나약하게 녹아내리는 주제에
한참을 반딧불이가 되어 나를 외친다
아지랑이보다 더 교활한 너는, 빛의 범람인 널
나는 너를 칭하는 법을 모르고 싶다

널 찌르고 싶다

우리 집 강아지의 코가 말랐다
병이 났다고 한다
어떤 병이요 선생님
글쎄요 숨 쉬는 것들을 좀 먹이세요 그럼 나을 겁니다
그래서 나는 널 보았다
아담한 네 혓바닥이 귀여워서 시야 밖으로 고립 시키지
못했다
널 좀 찔러야겠어
우리 집 강아지가 아프거든
만져봐
갈라진 구멍 속에서 눈물이 새
사실 피 일지도 모르겠다

아름답기에 동정한다

꺾이지 않는 생소함이 낯선 그들을 향해 기도를 한다

끈질기지 못한 뿌리들이 덜렁대며 구조 신호를 보낸다 그들은

왜 나에게 그랬을까 내가 도망치지 않는 유행병이라고 생각했을까

참 곱더라 그들이 멎은 자리에 핀 눈발이

오늘은 당신들의 장례식이다 붕괴되는 색조 위로 눈꽃이 입김을 흘린다

주워 담지 못할 그들을

그 아이의
입술점은 유전일까 　배 윤 정 · 시집

제4부

生

파울첼란의 시를 읊는다
검은 우유 새벽의 검은 우유*
젖먹이 때의 잔향은 잊혀 진게 아니라
표류에도 지쳐버린 유실물과도 같다
벵골 호랑이가 내 전신을 도둑질 한다
저 손톱의 날만 세워도 선홍이 나에게로 달려오겠지
호랑이가 얼른 나를 심판해주길 갈망한다
때 지난 속죄에 우리는 감히 익사를 꿈꾸고 있는가
낡은 꽃밭에 해방을 선포하며 굶주린 정맥을 던져낸다
벵골 호랑이의 눈엔 봄이 없다

* 파울첼란의 시 '죽음의 푸가'

식욕감퇴

고백을 위한 하루가
식탁 위에 수줍게 준비되어 있었다
나는 전자레인지에 그걸 데웠다
지친 듯 회전하는 그것은
내 식욕을 무참하게 만들었다
수많은 가설은 항상
도마뱀의 꼬리가 숨을 멎어야만 자신을 내세운다
나는 휘둘릴 수밖에 없었다 무더운 2월이었으니까
공범자는 정오의 산불일 것이다

설사 내가 이름을 심었더라도

속이 덩어리 진 바람이 끝없이 향을 감춘다

뒤를 도니 자취는 온데간데없이 바람의 품에 끌려간 지
오래라

퍽퍽해 쑤셔 넣어 줘도 씹기 어려운 눈을 역정을 내며 자
꾸만 밟았다

별 하나도 미처 박아놓지 못한 늙은 밤이 한낮의 안부를
묻던 그 날

분명 기억할 줄 알았다

무슨 일이 있어도 딸기 꽃이 내 혀를 감아 삼켜도 담쟁이
넝쿨이 내 눈물샘을 씹어뱉어도

늙은 밤이 질투에 눈이 먼 속이 미식거릴 정도로 한가하
던 그 색채를

무슨 일이 있어도 기억할 줄 알았다

가물은 유월이 미몽을 베어 먹어도

설익은 충동이 열애를 훌쩍거려도

초저녁의 습작

　나는 18시 05분이 되면
　어떻게 하면 더 신선한 단어를 혀에 녹여낼까 고민하는
미슐랭 가이드가 된다
　먼지 하나 쌓이지 않은 누런 종이 위에
　보기에 예쁜 단어들을 하나 둘 씩 올려둔다
　편지를 위한 단어들, 시를 위한 단어들, 수행평가를 위한
단어들 등등
　오늘은 시를 장식하고 싶은 날이라서 혀 위에 시를 위한
단어들을 올려놨다
　코끝을 희미하게 맴돌던 빵 굽는 향이 손목 위로 달라붙
을 때
　토스트 기에서 빵이 튕겨 나오듯 내 손 끝에서 시가 뽑힌
다
　아직은 덜 아물었고, 아직은 향이 다 번지지 않은 상념들
을 적당히 조미료로 사용했다
　이번 시는 별 반 개짜리다

모래성

한 구절이 아직 채 끝나지도 않을 무렵에
너는 파도에 거품을 불더니
갑자기 파도를 이불마냥 뒤집어쓰고
괴상한 울음을 실어내며 바다를 굴렀다
크리스마스는 죽었어
뭐?
별이 식었어
너는 반짝이 풀을 가지고 와선
무색의 모래 위에 자꾸만 덧칠했다
나는 그저 널 따라다니며
행여 네가 밟을까
조개와 자갈들을 치울 뿐이었다

넋을 놓기 위한 변명

혀에서 계절이 흘렀다
넘치고 늘어져서 통에 받아야만 했다
내가 하루에 몇 번이나 혀를 씹었지?
전구가 꺼져가듯 흐려지는
단어들이 싫어서 고의적으로 혀를 씹었다
고여가는 계절 위엔 내가 비쳤다
열여섯?
열일곱이 마냥 거슬리고 답답하다
나는 분명
변함없는 상록수를 좋아했는데
어쩌다 반짝하다 시드는 꽃에 반하게 된 건지

썩은 이빨의 딜레마

과장을 먹고 자란 어금니가 쑤셨다
얘도 더위를 타는 건지
환절기에 몸살을 앓는 건지
사탕엔 유통기한이 있을 뿐이지
그 누구도 나에게 적립되는 사랑과 나이의 유효기간을
말해주지 않았다
해로운 사연을 씹을 때면 쾌락을 느낀다
어금니에서 진물이 흐르는 걸 알면서도 날 더 후벼 판다
날 더 기만하고 비판해라
유통기한이 지난 사탕으로 혀 위를 구른다
나를 잠식하고 만 변색된 밤하늘을
늘 그렇듯 별을 추모한다

촛농

촛농은 낭만적으로 생겼다
여유 없는 삶을 가져다 붙이지 않는 탓에
느리고 건방진 목소리로 아래로 기어 내려온다
순식간에 탈 듯한 뺨을 하곤
방화를 결심한 시간을 위해 춤을 춘다
흘러내리는 잿더미
화형 중인 우리의 숨들, 아픈 숨들

비포장도로

민들레가 채 날지도 못하는
구름이 숨을 다 잡아먹어버린 것 같은
눅눅하고 건조한 해질녘
장례를 치르고 오자
온 세상이 봄이었다
어제만 해도 검은 입술들에 틀어 막혀 질식하지 싶었는데
오늘은 개미마냥 바글거리는 꽃가루뿐이다
침해 당했다 간파 당했다 무시 당했다
내 입술은 그렇게 상처나지 않았는데

나 자신도 모르는 밤

나도 모르게
이 한심한 밤도 모르게
먼지 쌓인 공백도 모르게
음식물 쓰레기를 뒤지는 고양이도 모르게
빗방울을 피하는 달팽이도 모르게
억지로든 자연적으로든
톱니바퀴는 돌았다
그래서 그런가
맞물리지 못한 자리는 좀 쓰리다
계속 쓰리다
너무 쓰리다
이 아득한 밤의 한계는 어디.

불어터지다

우리 아빠가 끓인 라면의 향이
자꾸만 귀를 찌른다
눈이 찔리는 것도 아니고
코가 찔리는 것도 아니고
연관성 없이
귀가 자꾸만 저 혼자 흥분해서
팔락거리며 아우성을 지른다
난 귀의 언어를 모르기에
귀를 잘라내고 라면을 먹을 수밖에 없었다
그 날 꿈에 조난당한 귀가 날 찾아와서
자신을 숨겨 달라 소리쳤다

심해의 기준

요즘처럼 악취가 진득하게 피어오르고
적나라하게 썩은 내가 물씬 묻어나는
날짜들을 배웅하고 나면
침몰하는 내가 보인다
물거품들을 어지럽게 이리저리 토해내면서
쇄골뼈가 휘어진 내가 보인다
한낮의 환청에 뻐끔거리며 거품을 낸다
나는 그냥 침몰하는 수많은 고통 중 하나다

포말들의 섬

우리는 파도의 그것처럼 흩어진다
뭉치지 못한 이름이 손가락 사이로 덧없이 샌다
뭉치고 잊고 잃고 뭉치고 뭉치고 울고
우리는 파도의 그것처럼 부서진다

투명에 대한 논문

해바라기는 불이 옮겨 붙은 아스팔트 위에서 공개 고백을
했다

이글거리다 못해 탄내가 진동하는 환희를 향해 사랑을 무
한히 토해낸다

끌어 안아주고 싶은 네 검지

해바라기의 잎을 꺾어다 네 목전에

흩날리려 한다

처음과 끝은 고의였고 너도 안다

청푸른 맞불이 자멸할 즈음에야 너는 나를 꺾을 수 있겠지

겨울과 여름

서로의 이름도 모른 채
겨울은 여름이 쌓아온 걸
여름은 겨울이 쌓아온 걸
꼭 이란성 쌍둥이처럼
곱게도 똑같이 무너트린다
여러모로 많은 변명들이 오가고
끝없는 책임전가의 주어는
이제 불분명하다
겨울은 여름에게
여름은 겨울에게
무더위에 눈꽃을
소나기에 앙상함을

그 아이의
입술점은 유전일까　　배 윤 정 · 시집

언어의 가면

배옥주
(시인 · 문학평론가)

언어의 가면

배 옥 주
(시인 · 문학평론가)

1. 융통성도 없이 아름다운 사춘기

　열여덟 배윤정은 닳고 닳은 원고지다. 원고지 속에는 배윤정이 빼곡히 기록되어 있다. "제가 얼마 같으세요" 청년 시인의 시작詩作은 당돌한 질문으로 시작된다. 배윤정은 '뱃속까지 항상 사춘기 중'이라고 단언한다. 시인이 정의한 열여섯은 치졸하고 변명거리가 줄어드는 사춘기이며, 열일곱은 시드는 꽃에 반하는 마냥 답답한 사춘기이다. 배윤정은 어둠에 갇힌 시를 밝혀 사춘기의 비상탈출구를 찾아가고 있다. 시의 열병을 앓는 그녀는 첫 시집 『또 다른 소설』에 이어 여전히 아픈 숨들을 화형 시키고 있다.

　배윤정이 언어의 축문을 낭송한다. 열여섯, 열일곱 그리고 열여덟을 앓는 시의 봉오리들. 그녀의 고해성사가 이어진다. 배윤정은 닫혀있던 시문을 열어가는 어린 구원자다. '학교'와 '학생'이라는 사회적 상황에서 비롯되는 상처와 심리적 욕망을 시 속에서 적나라하게 풀어헤친다. 학생신분의 시인은 날마다 시창작의 고통 속으로 침몰한다고 고백한다. 시를 향한 일념으로 시창작의 고통까지 즐기는 것이다. 배윤정은 경험으로 엮어둔 촘촘한 그물을 던질 때마다 체화되지 않은 이미지들을 건져 올린다. 그리곤 오랜 시간 사유의 방에 갇혀 날 것의 비린 언어를 삭힌다. 그녀는 어쩌다 발견한 언어의 쇄골로 곰탕 같은 시를 우려내고, 떠돌이별을 뜯어 시의 여백을 환히 밝힌다. 시인은 자아와 언어의 팽팽한 대립에서도 순응하지 않는 언어에 의존하며 고립된 문장을 숭배한다.

배윤정은 자신이 당면한 세계에 저항한다. 시적 언어의 혁명을 일으키며 자기 확인의 시세계를 주도해간다. 시적 언어의 혁명은 말하는 주체가 기존 질서에 저항하면서 자유롭게 의미를 창출하는 행위이다. 줄리아 크리스테바의 정의처럼 배윤정은 도전적 언어로 시적 언어의 혁명을 끝없이 시도하고 있다. 대상에 가닿는 직관적 인식으로 시의 내면세계를 열어젖히는 것이다. 그녀가 건져 올린 언어의 가면에는 융통성도 없이 아름다운 사춘기의 상처가 만발해 있다. 생식준비를 마친 실어증이 말문을 피워내는 개화기. 이제 귀를 열고 세계에 저항하는 배윤정의 상처를 들여다볼 때다.

2. 내일이 아픈 죽음의 푸가

열여섯에 첫 시집 「또 다른 소설」을 발간한 배윤정이 열여덟에 두 번째 시집 「그 아이의 입술점은 유전일까」를 발

간했다. 배윤정의 시에 대한 사랑을 깊이 보아둔 나로서는 시인의 개화기를 지켜보는 재미가 쏠쏠하다. 그녀가 시인의 존재를 증명하던 첫 시집의 서문에서 발견된 고질병은 두 번째 시집까지 이어지고 있다. 배윤정은 시를 찾아 헤맨 이후부터 지금까지 잃어버린 숨구멍을 찾지 못한 듯하다. 시는 그녀에게 절망의 희망이 아닐까? 배윤정은 주변의 만류에도 묵묵히 시인의 길을 만들어가고 있다. 자신을 비하해야만 말을 이어나갈 수 있다는 시인. 시와의 동거는 그녀에게 벗을 수 없는 가시면류관이 될 것이다. 다음의 시편들에선 두려운 현실과 마주하는 내일과 모레가 아픈 소녀시인의 현실을 목도할 수 있다.

> 촛농은 낭만적으로 생겼다
> 여유 없는 삶을 가져다 붙이지 않는 탓에
> 느리고 건방진 목소리로 아래로 기어 내려온다
> 순식간에 탈 듯한 뺨을 하곤
> 방화를 결심한 시간을 위해 춤을 춘다
> 흘러내리는 잿더미
> 화형 중인 우리의 숨들, 아픈 숨들
>
> – 「촛농」 전문

    좋아하는 유투버의 노래 선곡을 듣던 배부름에 침전되기 직전의 저녁이었다
    자그마한 투표창이 떴다

    Would you rather (당신은 무엇을 더 선호하시나요)
    • go back in time (과거로)

• go into the future (미래로)

/중략/

이 세상의 우리들은 이미 향수병 말기라 병의 유무조
차도 모르는 사람들일까
나는 미래를 택했다
어떻게든 마주해야하는 현실이 두려워서 그랬다

- 「이전」 부분

초는 자신을 태워 어두운 곳을 밝힌다. 촛농은 느리고 건
방진 목소리로 기어 내려와 춤을 추지만 잿더미로 쌓일 뿐
이다. 「촛농」에 등장하는 '촛농'은 낭만적이지 않다. 순식간
에 탈 듯한 뺨으로 방화를 결심한 촛농은 사춘기를 겪는 청
소년의 아픈 숨들이 아무렇게나 굳어버린 막막한 흔적이
다. 한국 청소년 사망원인 1위가 '자살'임을 볼 때 그들의
팍팍한 삶을 짐작할 수 있다. 입시와 규범에 구속된 학생들
이 '학교'라는 현장에서 낭만을 꿈꾸는 현실은 불가능해 보
인다. 이 시에서 촛농은 흘러내리는 잿더미이자 화형되는
사춘기 아이들의 절박한 숨이다. 배윤정은 「생」에서 파울첼
란의 시에 등장하는 '검은 우유'를 노래하고 있다. '검은 우
유'는 참혹한 시대를 그려낸 상징적 시어로 죽음을 의미한
다. 열여덟의 시인은 왜 죽음을 은유하는 '검은 우유'를 노
래해야 했을까? 다시, 봄이 오긴 하는 걸까?

화자는 좋아하는 유투버의 노래선곡에 충만한 즐거움을
향유한다. 듣고 싶은 노래를 들으며 행복에 배부른 화자의
표정이 떠오른다. 화자는 자신이 좋아하는 음악을 들으며

과거와 미래를 선택하는 투표창을 보고 있다. 화자가 투표 창에서 선택한 것은 미래이다. 화자가 과거도 현재도 아닌 미래를 선택한 이유는 환희에 찬 청사진을 펼치기 위해서가 아니다. "마주해야하는 현실이 두려워서"라고 진언한다. 이는 병의 유무조차 인지하지 못하고 몸부림치는 현대인이 되어 경쟁사회로 내몰리는 현실을 직감하게 한다. 침몰하는 아이들은 무수한 고통 중의 하나가 되어 다시 떠오르기 힘든 시간을 비틀비틀 건너가야 하는 것이다. 화자는 건너야 할 냉엄한 현실이 두렵지만 용기를 내어 시적 혁명의 언어들을 깨우느라 분투하고 있다.

> 난 쑥스럽게 물든 사체들 위에 서 있었다
> 미세먼지를 게걸스레 해치운 친구가 내 뺨을 어루만졌다
> 아이들이, 노인들이, 병든 색들이 만발하길 꿈꾸는 입김
> 이
> 너 때문에 질식하고 있어 죽어가는 그들을 봐, 홍채가 사
> 라진 채 가물어가는 계절을 봐
> 걸음을 옮기자 그들이 버석거리며 박수를 쳤다 퇴화된 찬
> 사를 받으며 나는 울었다
> 버석버석버석
> 친구가 감싼 뺨은 물러가는 무화과 같았다 혀로도 포장할
> 수 없는 단계, 피식자가 되기만을 염원하는 시간이 된다 친
> 구가 게워낸 미세먼지는 어쩌면 십대일지 모른다
> 내 이름은 질식하고 있었고 나는 더 이상 걸을 수 없었다
> 숨구멍을 잃어버린 그들은 여전히 버석거린다
> 나는 그저 장례식장에 초대받지 않기만을 기도했다
> 건조한 기도였다
>
> ─「섬 위에서」 전문

화자는 "질식하"거나 "가물어가"거나 "버석거리"는 서술어를 사용해 '섬'이라는 존재의 고립된 불안 양상을 자신의 십대에게 이입한다. '나'는 사회적 타자의 자리에 서 있다. 화자는 포식자들에게 받는 심리적 상처 때문에 이름까지 질식할 것 같아서 섬 위에서 한 발짝도 나아가지 못한다. 화자는 무화과처럼 물러가는 뺨으로 금세 쓰러질 것 같지만 악착같이 버티는 것이다. 하지만 '나'는 아이들과 노인들과 병든 색들이 질식하는 현실을 무기력하게 지켜볼 수밖에 없다. 시적 주체는 홍채가 사라진 계절처럼 가물어간다. 더 이상 걸을 힘이 없다. 죽을 만큼 숨 막히는 미세먼지 같은 십대를 벗어나게 해달라고 기도할 뿐이다. 섬처럼 고립된 화자의 십대는 세상이 후려치는 거센 파도로 숨구멍을 잃어버리고, 나무나 새같이 자신을 찾아오는 생명들을 품어 살릴 기력이 없다.

　　'나'는 불통의 교실에서 숨을 쉴 수 없다. 분노로 저항해보지만 펄펄 끓는 울음을 투정부리지도 못한다. 속이 답답할 뿐이다. 포악한 포식자가 되어버린 현대인들이 포식자에서 벗어나기를 바라기보다, 차라리 포식자에게 먹히는 피식자가 되기만을 염원한다. 포식자가 되는 것보다 피식자가 되는 것이 더 견디기 나은 세상에서 우리는 어떤 기도를 해야 할까? 「섬 위에서」는 가물어가는 계절, 물러가는 무화과, 게워낸 미세먼지처럼 부정을 통해 긍정에 이르고 싶은 화자의 열망이 고조되고 있다. 화자는 적어도 장례식장에는 초대받지 않는 십대가 되기 위해 사회적 관습 앞에 무릎 꿇게 만드는 비극적 국면에 반항하는 것이다.

국영수를 화화화로 고쳐쓴다
화화화
ㅎ을 자꾸 발음하면 웃을 것 같아서 그랬는데 목구멍에
서 편도가 태어났다 왜 시키지도 않은 짓을 해서, 시간표
가 개밥이니, 편도가 부르짖었다 나는 독감에 걸릴 참이
다.
수학 공식을 그리면서 누구를 불렀다 알아듣지도 못하
는 이 학문을 문명인이기에 나는 통달해야한다 선생의 흰
자 밖으로 정강이를 굽히는 순간 나는 학생답지 못하다
수학이 들꽃의 잠꼬대라면 저물지 않는 비행기라면 이륙
하지 않는 백사장이라면 문명인이 아닐 수 있다면

－「火 요일」부분

화자는 국영수를 '화화화'로 고쳐 쓴다. ㅎ을 자꾸 발음
하면서 '하하하' 조금이라도 웃고 싶다. 열불이 치밀어 오
르는 '화화화'로 고쳐 쓰자 목구멍에서 편도가 태어난다. 편
도가 부르짖으니 독감에 걸릴 것이라는 화자의 희화적인
어조가 서글프게 다가온다. 꿈 많고 웃음 많은 청소년들이
자신의 꿈을 위해 달려가는 어깨 위에 '국영수'가 바윗덩이
처럼 얹혀 있다. 화자는 문명인으로 불리기 위해 통달해야
만 하는 수학공식과, 선생님의 시선 안에서 고분고분해야
하는 학생다운 자세를 노골적으로 비아냥댄다. 국영수 점
수가 학생의 미래를 구속하는 사회적 틀 속에서 '학생'이라
는 자기 확인을 부정하고 싶은 것이다. 수학이 '들꽃의 잠
꼬대'라면, '저물지 않는 비행기'라면, '이륙하지 않는 백사
장'처럼 물씬 배어나오는 서정이라면 문명인이 아니라도
괜찮을 텐데. 불난 듯 뜨거운 경쟁구도의 교실에 갇혀 꾸

벅꾸벅 졸지 않을 텐데. 시를 놓지 않는 화자에게 들리는 들꽃의 잠꼬대는 어떤 향기로 들려올지, 저물지 않는 비행기를 타고 어디로 날아오르고 싶을지, 이륙하지 않는 백사장에 엎드려 모래에게 어떤 노래를 들려줄지 몹시 궁금해진다. 그렇다면 우리는 문명인이 아니라도 행복하지 않겠는가.

　　내가 위를 보고 걷자 사람들이 모두 위를 보고 걸었다
　　우리들은 위를 보고 걸을 수밖에 없기에 나도 위만 보며
　　걸었다
　　늘 똑같이 갈라진 길은 나무가 아니니 자랄 일이 없다
　　나는 안심하며 걷는다 한정된 시야의 고도가 조금 높아
　　졌다

　　/중략/

　　위를 보며 잠에 든다 우리는 모두 목이 길어진다 듬성듬
　　성 뭉텅이로 병드는 꽃들을 보며 한탄한다
　　누구 때문에 기른 목인데
　　목이 꺾인다 목젖이 울긋불긋하다 지나가는 자들의 목
　　젖이 몸을 비튼다
　　목주름이 멸종된 우리들의 목은 여전히 위를 향한다
　　내 친구가 목이 꺾여서 왔다 누가 대체 네 목을 가지고 종
　　이접기를 했니 내 친구의 목은 완성물도 되지 못한 채
　　반쯤 벗겨진 양말 같은 목을 하고 있었다 친구는 꽃잎이
　　더 이상 오만구멍들을 막지 않아서 상쾌하다고 한다
　　내 목은 내일 모레쯤 꺾일 것 같다 과학적인 근거는 없고

　　　　　　　　　　　　　　　　　　　－「그런 계절」 부분

화자는 위를 보고 걷는다. 모두 위를 보고 걷고 있다. 왜 다들 위만 보고 걸을 수밖에 없는지 잠에 들 때조차 위를 본다. 화자는 위를 보며 걷기 때문에 무언가와 부딪치기도 할 것이며 뒤꿈치로 벌레를 밟아 죽여도 알 수 없다. 위만 보는 우리는 목이 길어질 때마다 환호하지만 뭉텅이로 병들고 있다는 사실을 망각하며 살아간다. 애써 기른 목이 혹여 꺾이기라도 한다면 더 이상 위를 보고 걷지 않아도 될 것이다.

화자는 반쯤 벗겨진 양말 같은 목을 한 친구가 위를 향한 질주를 포기하는 것이 오히려 부럽다. 목이 꺾이는 일은 완성물이 될 수는 없겠지만 목에 쓴 칼을 벗고 속박에서 벗어나는 자유를 누릴 수 있기 때문이다. 화자는 위를 보며 목을 기르는 열여섯이나 열일곱이 마냥 거슬린다. 그래서 자신의 목도 내일모레쯤 꺾여 자유로워질 것을 갈망한다. 상록수를 좋아하는 것도 좋지만 시드는 꽃에 반하게 되는 것도 가끔은 매력 넘치는 십대의 변명이다. 시적 주체는 더 이상 위를 보지 않고도 상쾌해지는 인간성 회복의 그런 계절이 가끔씩은 찾아오기를 고대한다.

3. 별 반 개짜리 시의 개화기

배윤정의 개화기는 별 반개짜리로 시작된다. 사춘기 시인을 따라가 보면 그녀가 운용하는 시적 이미지의 형상화가 아직은 미완의 세계임을 발견하게 된다. 상처를 되새기는 언어들이 끝없이 조난당하고 있다. 하지만 배윤정은 조난당하는 언어의 보호자가 되어 시를 구원하겠다고 공표하고 있다. 그래서 청년시인은 비린 언어를 가슴에 품고 내일과 모레까지 계속 아플 수밖에 없다. 다음의 시편들에서는 사춘기의 목젖을 뒤적거리는 아픈 문장들을 발견할 수 있다. 언어들을 숭배하는 배윤정. 시를 대하는 시인의 인식이 사뭇 진지하다.

　　너는 쓰러진다

　　/중략/

　　아침이 왔다가 도로 땅거미를 뿌린다 백내장에 걸린 의사가 거북이 등껍질마냥 부르튼 망치로 내 무릎을 친다 무릎은 멈춘다 언제부터 이랬니 봄이 올 때부터요 언제까지 이럴 거니 봄이 갈 때까지요 아프니 네 선생님 어디가 아프니 내일이 아파요 어쩌면 모레도요

　　좌절을 행복으로 환산한다 팔백오십 번을 좌절했으니 나는 팔십오일 동안 행복을 살 것이다 나는 왜 이리도 너를 추구할까 너와 내 일기장의 간극, 주말로도 좁히지 못할 거리는 나를 불운하게 만든다 네 얼굴을 까먹을까봐 일기장에 네 이름을 그렸다 부담스러운 시선들이 좋아서 자꾸만 너를 그린다 나는 널 찾아내고 만다 장롱 속의 숨바꼭질은 진부한데 너는 여전히 그 사실을 모른다 사실은 말야 나는 오늘도 너를 그렸어

　　　　　　　　　　　　　　　　－「내가 너를 보는 방법」 부분

　　왜 우리는 이 피어오르는 많은 것들을 오로지 꽃만 만

발한다고 서술하고 발음하고 감상할까 꽃이 아니면 만
발하면 안 되는 걸까 그렇지만 이 약속 아닌 약속을 어
기고 싶은 욕망이 관자놀이 안에서부터 움푹 패어서 물
에 부푼 반창고 같은 냄새를 풍겼다 나는 오늘도 만발한
다 그저께 시를 쓰다가 자존심이 상해버린 입술 위로 딱
지가 포개어지고 죽은 듯이 색을 뽑아내던 곰팡이도 서
서히 만발한다 빛바랜 꽃다발을 가슴 한 모퉁이에 욱여
넣는 나는 만발하는 중

— 「개화기」 부분

「내가 너를 보는 방법」에서 '너'는 곧 '시'다. 이 시에서는
화자가 시를 대하는 진중한 태도를 만날 수 있다. 화자는
끝없이 좌절하면서도 펜을 놓지 않는다. 그래서일까? 좌절
은 행복으로 환산된다. 화자는 좁혀지지 않는 시와의 거리
에 자신이 불운하다고 생각하지만 지치지 않고 언어를 찾
아 나선다. 시를 추구하는 장롱 속의 숨바꼭질이 계속되는
것이다. 백내장에 걸린 의사가 화자의 질주를 멈추게 하는
것은 역부족이다. '나'는 시의 얼굴을 까먹지 않으려고 일
기장에 시의 이름을 그리고 또 그린다. 오늘도 시를 찾는
화자의 사유는 멈추지 않는다. 화자에게 '시'는 끝없이 탐
구하고 우러르는 숭배의 대상이다. 화자는 오늘도 별 반 개
짜리 시를 찾아 긴장을 늦추지 않는다. 화자는 별 다섯 개
가 될 때까지 향이 번지지 않는 초저녁 습작 하나도 놓치지
않겠다고 약속한다. 화자가 발견한 시에는 곰팡이 쓴 생각
이 만발하고 빛바랜 꽃다발이 만발하고 있다. 자신과의 약
속을 지키는 시인이 아름답다.

고립된 문장들의 보호자는 나였다
　구원자가 될 테다 욕심이 시야에 덕지덕지 눈곱마냥
옮겨 붙은 구원자

　나는 자애롭지 못한 글을 쓸 것이다
　추한 예술을 할 거다 감히 예술의 감미로운 둘레에 나
를 집어넣겠다고 묻는다면
　예 그럴 거예요
　네 혀는 우리와 어울리지 않잖아 치졸한 변명의 산물
이지 않냐고 묻는다면 네 그래서 제가 예술을 안 하면
누가 하겠습니까

　/중략/

　구원자가 될 테다 나만을 위한 구원자
　과식으로 죽는 나비를 이해할 수 있게 되었다
　나는 예술의 증인이 되어서 언어를 시음할 것이다

-「숭배」부분

　「숭배」에는 화자의 결언들로 가득하다. 화자는 문장을 숭
배하는 구원자가 되어 자애롭지 못한 추한 예술을 할 것이
라고 감히 단언한다. 예술의 감미로운 둘레에 집어넣는다
해도 기꺼이 들어가겠다는 것이다. 화자의 구원자는 오로
지 '시'뿐이다. '나'는 시에 대한 열정이 남다르다. 예술(시)
은 지난한 길이 아니라 이루고 싶은 꿈이므로 예술의 증인
이 되어 언어를 시음하겠다고 다짐한다. 화자는 언어를 모
르는 귀를 잘라내는 극단적 행위까지 서슴지 않고, 잠들지
못하는 숫자를 연기하며 목덜미에서 새는 언어를 지켜낸

다. 화자는 자신을 향하는 황소 같은 문장들을 처단하고 빨강이 되겠다고 자처한다. 투우사가 되어 자신이 찾은 시어의 등에 반데라를 꽂고 한 줌의 시를 움켜쥐겠다는 결의를 다진다. 욕심도 추함도 변명도 이겨내고 "과식으로 죽는 나비를 이해할 수 있"는 시인이 되는 것이다.

> 매미는 사람들의 일상과 눅진해진 숨과 늘어진 말소
> 리를 외면하는 법을 모른다
> 끊임없이 우리의 청록을 훼방 놓고 성가시게 울어재
> 낀다
> 갈망하는 날갯짓을 찢어져라 반복한다
> 늘 그랬기에 자기들의 명줄에 대한 억울함이 없을까
> 매미가 멸종되길 바라면서
> 매미의 울음이 지독하게 그리워질 때가 있다
> 모순의 연속에 속이 안 좋다
> 매미가 멸종된다면
> 지구의 모든 여름에 소음이 없다면
> 매미를 우리가 잊는다면
> 늘 그랬다면
>
> – 「척추가 부러진 매미」 전문

시인은 '시' 속에 침잠하는 것을 즐긴다. 「척추가 부러진 매미」에서 '매미'는 '시인'이거나 '시'일 것이다. 화자는 사람들의 일상과 눅진해진 숨과 늘어진 말소리를 외면하는 법을 모른다고 털어놓는다. 지상에서 보름동안의 울음은 매미의 필생이다. 이처럼 시인은 끊임없이 울어재끼며 시를 찾는다. 척추가 부러진 줄도 모르고 용감하게 찢어져라 날갯짓을 반복한다. 매미의 울음을 통해 시가 멸종되길 바랄

만큼 지독하게 시를 그리워하는 시인의 처절한 자세를 보여준다. 세상에서 '시'나 '시인'이 멸종된다면, 여름에 소음이 사라진다면, 시가 우리를 잊는다면 얼마나 공허할 것인가?

4. 고립된 문장들의 구원자

배윤정의 두 번째 시집 「그 아이의 입술점은 유전일까」에서 만나는 시적 언어의 혁명은 저항의 상처로 가득하다. 시편 곳곳에서 성장통이 멈추지 않는 자기세계의 탐구가 이어진다. 배윤정은 활달한 이미지들로 포진한 언어를 스스로 불사르는 고통을 즐기는 시인이다. 잿더미로 변한 언어에 기꺼이 조난당하는 항해자가 되겠다는 의지다. 그녀의 시세계는 십대 사춘기 시인의 시라고는 믿기 힘들만큼 성숙한 이미지들로 포진되어 있다. 배윤정은 자유를 추구하는 저항의 언어 속에 자신의 경험을 녹여낸다. 청년시인 배윤정이 선보이는 시편들에서 시에 대한 지극한 애정과 교육현장의 아픈 상처를 들여다 볼 수 있다.

시를 향한 거침없는 질주가 이어지고 있다. 배윤정은 갈 곳이 없어 목젖을 뒤적거리는 언어의 눈을 피하지 않고 수용한다. 매섭게 빛나는 언어의 눈은 바로 '배윤정'이 갈망하는 시인 자신이기 때문이다. 언어의 가면을 덮어 쓴 배윤정은 엄마의 베개에서 덜 익은 바다를 갈증하는 시인엄마의 향을 맡으며 자랐고, '제트운은 길 잃은 별자리가 울먹이며 걸어간 흔적'이라는 제트운의 정의를 시인엄마에게서 듣고 자랐다. 그래서 배윤정에게는 엄마의 기침소리도 산

문시처럼 들리나보다.

　배윤정의 시에는 무궁무진한 이미지들이 등장한다. 화려한 수사나 난해한 시세계에 천착하기 보다는, 설익은 이미지들을 형상화하기 위한 느린 사유의 시간이 더 필요하다. 시적 혁명으로 발굴한 언어들이 가장 적합한 자리에 안착하려면 가슴 한 모퉁이에 욱여넣은 자신이 발효되는 기다림을 간과해서는 안 될 것이다. 배윤정의 시세계에 도래한 개화기가 만발할 것을 기대한다. 굳이 언어의 가면을 벗지 않아도, 벼룩시장에 내놓지 않아도 '배윤정'이라는 유일무이한 브랜드가 만들어질 것이다. 이제 언어의 가면에서 몽글몽글 피어오르는 꽃봉오리들의 축제를 즐길 차례다. 배윤정은 자신의 바람대로 시에 고립된 이미지를 조탁하는 수호신이 될 것을 믿는다. 과식으로 죽는 나비의 심정을 이해하는 혜안이 있으므로!